Vägen tog slut.

Till minne av

Christopher

en älskad pojke

1997 05 04 - 2014 06 17

Förlag: BoD – Books on Demand, Stockholm, Sverige
Tryck: BoD – Books on Demand, Norderstedt, Tyskland

ISBN: 97891-80075879

Kaffet är varmt och smakar bra. Jag bläddrar i morgontidningen och ser att det börjar ljusna utanför fönstret i köket. Det är nog dags att ta in sommarblommorna. I ögonvrån den vita bilen, den försvinner bakom häcken. Ett andetag och jag lurar mig själv att den inte är där.

Pojken sover med kudden över huvudet. Djupt och långt borta.

-God morgon, de är här nu.

Han grymtar och försöker hålla sig kvar i sömnen, lura andetagen och sig själv. Det kom ingen. Men det rister i hans kropp och jag vet att han är på väg att vakna.

Går försiktigt nerför trappan. Öppnar dörren.

 - Godmorgon. Han sover men han vet att du är här.

Kvinnan utanför dörren är tunn och senig. Blicken viker undan. Sen ler hon lite och lutar sig fram för att sätta kroppen i rörelse över tröskeln för att komma in. Tvekan, om jag står kvar i dörren och inte låter henne komma in, blir det annorlunda då?

- Jaa, säger hon, det går bra.

Vad är det som går bra? Jag förstår först inte men inser att det var svar på det jag sa om att pojken sover.

- Vil du ha en kopp kaffe?
- Nej tack, det han jag med innan jag kom.

Vi går uppför den vita trappan tillsammans. Jag före, hon efter. Effektiviteten i hela hennes väsen gör det omöjligt för mig att gå sakta som jag vill. Istället småspringer jag upp och stannar till först utanför pojkens dörr. Jag pekar på den stängda dörren.

– Men du har kanske varit här förut?

- Ja svarar hon och kliver in i rummet.

Det är då jag brister. Det är i den stunden allvaret når fram och jag inte längre orkar ens försöka att le åt morgonen. Jag låser in mig i badrummet, vill inte att någon ska se mig just nu. Vill inte att mina tårar och min förtvivlan tar morgonen ifrån pojken eller henne.

Jag hör hur ytterdörren öppnas och hon går ut igen. Med den blå korgen under armen. Korgen med din journal. Din medicin. Lite annat som en sköterska behöver. "Vård i hemmet väskan". Det är fint. Vård i hemmet är fint. Men det är också det sista beviset på att det inte är som det ska.

Vi har hittat rutinerna. Jag vet att jag sa det den där första galna kvällen när vi satt i soffan. Din pappa, min man och jag. Med förtvivlan och en rasande kraft satt vi i soffan.

- Vi måste hitta rutiner i vardagen. Vi måste hitta vägen ut. Vi måste försöka andas och leva.

– Vi ska klara det här.

Det har funnits stunder som varit goda. Men nu finns inte det goda längre. Det är som en djuphavsdykning utan syre. Vi måste bara längre och längre ner under vattnets yta. Hundratals meter ner i det mörka. Det är där vi kan hitta det vi behöver. Fångar vi korallen på botten och klarar oss upp till ytan så kan vi andas. Jag vågar inte andas. Tänk om mina andetag gör att luften tar slut för dig.

Det händer saker omkring oss. Människor fattar beslut i vår vardag. Telefonen ringer just när vi sitter ner och äter. Det är tisdag. Falukorv i tomatsås, knäckebröd. Pappas telefonsignal avbryter systers fråga om scouterna. Pappa rynkar ansiktet, lyssnar in i tele-fonen. Ser allvarlig ut. Vi lägger ner besticken. Vi slutar andas igen. Vi kommer att skada våra hjärnor när vi så ofta slutar att andas. Pappa nickar.

- Vi åker in efter maten säger han. Du behöver

blod.

Jaha bara blod. Jag andas ut. Det är skönt att det bara var blod. Pappa andas.

– De opererar imorgon, fasta efter 24.00.

Jaha. Vad ska de göra nu? Vi avslutar middagen och så åker ni.

-Hejdå.

Det är andetagen som avslöjar dig när du är rädd. Du tittar på mig och säger det är bra. Jag ser in i dina älskade ögon och ser att det inte alls är bra. Du är trött. Du är rädd.

-Det är bra säger du och ger mig en rörelse med läpparna.

Jag ser att du försöker att le. Men det går inte så bra. Jag svarar med att kröka mina läppar på samma sätt och undrar om du uppfattar det som ett leende eller om du ser att jag inte kan, inte idag. Imorgon kanske.

Den stora rädslan som bosatt sig i min kropp har fått ungar. I händerna sitter små fladdrande rädslor. De får mig att inte våga använda dem. Det blir så konstiga konsekvenser. Jag vil inte ta i saker. Jag tittar på ett par fina stövlar i butiken. Undrar om de möjligen är av skinn. Men handen vill inte känna. Den kryper ner i min ficka och lägger sig där. Knyter sig och vägrar att komma fram. Jag lämnar stövlarna med blicken och åker hem. Det är märkligt men jag kan inte känna på något som är främmande. Inte idag. Idag är en sån dag. I dag är en dag när jag inte ens kan känna med handen på ett par stövlar. Rädslan tar sig så konstiga uttryck.

Ibland frågar någon mig hur prognosen ser ut. Vad ska jag svara? Dom vill egentligen inte veta. Det är bara en sån fråga som man ställer när det handlar om cancer. Som en väderprognos.

-Blir han frisk eller planerar ni för en begravning?

Jag vet inte svarar jag när de frågar om prognosen. Jag har fått så många prognoser i huvudet så att jag inte vet. Och prognosen säger ingenting om just vår pojke. Om prognosen för överlevnad är fyrtio procent. På vilket sätt påverkar det just hans överlevnad? På vilken sida av de 40 % är han? Jag vet inte. Ingen vet. Och jag skulle vilja veta. Men jag törs inte. För om att veta betyder att jag vet att han inte klarar det. Då vill jag inte veta. Då vill jag fortsätta att hoppas. Det är bara det vi kan göra.

– Vi rider ut stormen sa en av läkarna. Vi är inte

i hamn ännu. Men vi ska dit.

Det känns skönt att höra att vi ska dit. Det ger mig mer förtröstan än prognoser.

Jag räknar möten. Goda möten. Inte goda möten. Goda möten är de där någon möter våra blickar. Tittar stadigt tillbaka. I det stadiga finns ett lyssnande och en vänlighet. Det är skönt. Vi andas bättre när vi möter den stadiga vänliga blicken. Den effektiva handen som sträcks ut mot oss och leder oss mellan rummen är behaglig.

-Kom här. Det är här vi ska vara. Eller – Det finnas kaffe i termosen därborta? Fungerar tv:n? Har ni det ni behöver? Doktorn är på operation – han kommer så snart han kan.

Vi nickar. Väntar. Tittar åt olika håll. Men det är ok. En kopp kaffe.

-Ska jag gå och handla något? Och sen – har du pengar? Jag åkte ifrån min plånbok.

Man blir så förvirrad när man åker till sjukhuset inte en gång, inte två, men när det är gång 147, så har man plötsligt tappat rutinen. Plånbok, nycklar och telefon. Något blir glömt.

De andra mötena. De inte goda är alltför många.

Inte överallt. Det är konstigt. På våning sex är mötena underbara. På våning fyra är de förfärliga. I samma hus. På samma sjukhus. Med samma standard. Samma rutiner. Inga blickar som möts. Inget hej. Inget kaffe som doftar. Ingen hand. Bara ett tomt rum med en trasig säng. Ett fönster som inte går att öppna. Fyra hål i väggarna. Det blåser kallt. När du ringer mig på kvällen för att säga godnatt fryser du. Det blåser kallt i rummet. Är det sexton grader? Pojken ligger med pappas jacka under två filtar. Han är trött och behöver sova. Du är trött och behöver sova men kan inte. Det är kallt i rummet och det blåser. I sängen under två täcken med en jacka av fleece ligger pojken. Nu har han fyllt sexton år. Kommer han att fylla sjutton? Det är sånt du tänker på när du sitter där. En hand på axeln. En kopp kaffe också. Det skulle hjälpa lite. Och om inte det går. Om man inte kan koka kaffe på just den här avdelningen. Ett leende, en varm blick. Det skulle också hjälpa, litegrann. Man blir så ensam när man sitter i mörkret på ett stort sjukhus och bara väntar.

Det är följsamheten som är det viktiga. Förmågan att känna och förstå var vi är, som avgör. Bemötandet pratade vi om. Om bemötandet var bra eller inte bra. Men det är inte det. Inte hur man gör. Det är vad man gör just då. Förmågan att

lyssna och förstå vad det är jag behöver just nu.
En del människor följer så mjukt. De bara är där i
sig själva och ändå är det som om de kliver in i
oss och följer – vänligt med bestämt. Tar oss förbi
groparna och får oss att ta ett steg till.

Som doften av kanelbullar på avdelningen. När
Frida bakar bullar så luktar det gott. Förra gången
ni kom hem från avdelningen hade du två
kanelbullar i fickan – till mig – från Frida. De var
de allra godaste bullar jag har fått i mitt liv. Hon
tänkte på mig och hon gav dig två kanelbullar-
nybakade med kärlek – ta hem dem.

Det är svårt att sova när ni är på sjukhuset. Jag är
aldrig rädd för mörkret. Men plötsligt rädd för allt.
Vågar inte gå ner i badrummet när jag är ensam.
Vågar inte tända lampan. Sitter stilla i köket och
väntar på att det ska bli sent. Sent så jag kan sova
om jag går till sängs. Vill inte ligga där i mörkret
ensam. Vill inte ligga där och veta var du ligger.
Vill inte sträcka handen mot andra delen av
sängen och känna att där är tomt. Att mannen jag
älskar inte ligger där bredvid mig i sängen. Saknar
andetagen.

Igår skrattade jag. Länge. Det var en fantastisk känsla. Jag skattade! Liv får mig att skratta.

-Mormor- säger hon och naglar fast mig med sin raka blick.

–Mormor vad gör du? Du ska leka med mig!

Ja mitt hjärta- jag ska leka med dig.

Vi målar tillsammans, Hon gör ett stort rött hjärta.

-Till dig mormor säger hon.

– Du är mitt hjärta.

Tårarna trillar ner som glitter och jag skrattar.

- Mormor gråter du? Är du inte glad?
- Jo jag är glad, jag får ju sitta här med dig.
- Jag vill pärla säger Liv och far efter pärlburken.

Vi pärlar och jag känner efter en stund hur lycklig jag är. Andetagen bir jämna.

Vi sätter upp ett nät omkring oss mannen och jag. Ett nätt som stänger bort allt utom nu. Vi håller varandra i handen. Vi ger kärlek till varandra. Vi stannar under nätet i tre dagar. Ingenting får tag i oss. Vi är bara vi. Du och jag. Min man. Din fru. Vi håller oss i varandra och känner att där finns kärlek. Vi förstår att det är det bästa i just nu kan

göra. Ge oss kärlek. Ge oss stunden under nätet.
Bara vi. Vi hämtar kraften. Vi bygger oss.

Andra förstår inte. Det är verkligen så. Ibland
säger någon

–Kan jag göra något?

Och jag svarar nej. Men egentligen är det inte
sant. För du kan göra något. För mig. Ta min tvätt
och tvätta den. Ta min hand och ta med mig på ett
äventyr. Ge mig ett leende.

Omtanke som inte är omtanke är obehaglig.
Omtanken som är en begäran att bli
omhändertagen. Den som inte sörjer vill bli
omhändertagen för att sorgen är så svår att stå vid
sidan av. Man kan inte göra något när man inte är
i sorgen.

Men sorgen är inte en tävling. Sorgen är förtvivlan.
Man kan inte tävla i förtvivlan. Förtvivlan ser olika
ut.

Man kan inte ständigt rapportera från helvetet. Det
går inte. – Hur går det? Vad händer? Vad sa
doktorn? Hur mår han? Vad är nästa steg? Har
han fått blod? När ska han opereras? Går det bra?
Frågorna far i vårt universum och stör. Man kan
inte rapportera från helvetet. Men ibland är det
skönt att få berätta.

Det finns andra som frågar.

- Kan jag göra något.

Och jag säger nej. Då blir de arga. Drar sig undan. Besvikelsen över att inte få ta steget in i min ensamhet och rädsla blir ilska. Men jag orkar inte ha fler människor i mitt liv just nu.

- Jag vil ju bara hjälpa.

Ja men just nu hjälper du mig mest genom att låta mig vara ensam.

Vi hade hundra vänner hemma. Stor fest. Mitt i livet. Vi skrattade med vännerna. Vi tittade på vännerna som fyllde trädgården med sina skratt och sin närvaro. Vad rika vi är. Så många vänner. Visst är det fantastiskt? Vi var så lyckliga. Ingen av oss visste då. Minns du alla vännerna den där dagen? Dom är inte kvar nu. Vännerna. Inte så många. Några finns. Jag kan räkna dem.

Ögonblick kan vara så olika. I år har jag inte plockat några äpplen från träden. Inte ett enda. Det brukar jag göra. Plocka. Koka mos. Koka för att ha när vi gör paj. Koka för att det är en så underbar doft som sätter sig i väggarna när man kokar äpplen. Det är som om vi inte passar ihop på något sätt. Naturen och jag. Solen och jag. Värst är det när solen skiner från klarblå himmel och jag känner att jag borde vara därute. I luften. I solen. Ta emot det ljusa och varma. Att jag egentligen skulle behöva det. Ljuset. Att det kanske skulle läka lite i det söndertrasade. Om solen skiner en av de svåra dagarna går jag inte ut. Det är som om ljuset hånar.

-Titta vad fin världen kan vara. Varför vill du inte vara med?

-Ta emot mig ropar solen.

-Nej skriker jag – jag vill inte. Jag vill inte just nu.

Så kryper jag undan någonstans där ingen kan hitta mig. Där jag inte syns. För de dagarna vill jag inte att någon ska se. Bara mannen får veta. Ingen annan. Grannarna får inte se. Innesluten i mörkret när solen skiner. Ibland orkar jag inte. Fast jag vet att jag borde.

Kroppen samlar smärta. Jag är en knut. Det syns inte. Jag döljer det. Tack Gud, tack vetenskap, för att jag är kvinna. Det syns inte hur ont det gör. Kräm. Puder. Rouge. En penna. Lite mascara. Läppstift. Mousse. Det ser bra ut. Smärtan syns inte utanpå. Nu kan jag ha den ifred och slippa frågor. Jag ser ju ut som om jag mår bra, så det är

nog bra. Pojken blir säkert bara bättre och bättre.
Det är ju flera månader sen nu. Visst får han
behandling? Han blir säkert bra.

När kroppen nästan brister av värk går jag till
läkaren. Jag kan inte stödja på benet. Det smärtar
varje gång jag sätter ner foten. Läkaren säger till
mig att ta Alvedon. Det gör jag inte.

Det är ingen tävlan. Det är inte så att din sorg är
större än min. Eller att min gråt på något sätt
förminskar din. Det är bara så att vi gråter olika.
Din värd är i dig. Min värld är i mig. Våra världar är
viktiga. Min för mig. Din för dig. Och vår för oss. Vi
bygger vår värld. Med koder. Med sådant vi mår
bra av. Vi krymper världen. Inget som tar ifrån oss
ett uns av vår energi får komma nära. Det är bara
vi. Vi måste hålla världen liten. Den går inte att
överblicka annars. Och vi gör så konstiga saker.
Världen är annorlunda.

Jag vet att andra också tänker så. Det är en tröst.
Jag vet att andra också tänker att världen borde
stanna upp – helt – när det fasansfulla sker. Det
gör den inte. Tiden bara fortsätter. Den stannar för
oss. Vi som är mitt i. Men inte för andra. Det är
svårt att förstå. Och ändå inte. Det är skönt att
veta att tiden fortsätter. Vi sätter ord på tiden. Om
fem år säger jag. Om fem år. Du tittar på mig och

ler.

-Jag tänkte precis så- om fem år. Då är det över
säger jag. Då är det annorlunda. Då har vi lugn.
Jag hoppas att det är så. Om fem år.

Jag brukar säga att livet alltid är viktigt. Jag är
glad att jag finns. Men det finns stunder då jag
önskar att jag inte fanns. Har de lättare, de som
tror? Jag vet inte. Ibland undrar jag.

Ibland är omtanken skön. Ibland är omtanken
stickig. Det är inte alltid omtanken i sig som ger en
känsla av behag eller obehag. Ibland är det
känslan man är i när omtanken kommer.

Orden far runt i mitt huvud. De vill ut. De far i hela
mig. När jag låter dem komma, huller om buller,
bara ut i en strid ström lättar det lite.

- Du har orden säger mannen.

- Ja, jag har orden. Men du känner. Ta inte mina
ord för skillnad. Jag har orden. Du har handen.

Dina händer gör. När oron är stor gör de fel.
Ibland helt galet. Jag plockar ut dina glasögon ur
kylskåpet. De ligger på bordsmargarinets lock.

Som en smörkniv. Då förstår jag att du är förtvivlad. Att just nu är din förtvivlan så stor att den skapar förvirring i dina händer. Älskade., Det är svårt att leva.

Vi bygger vidare på våra rutiner. Vi håller i dagarna. Skriver i almanackan, varje dag. Ibland glömmer vi. När jag rapporterar till Försäkringskassan i slutet på månaden ser vi vad vi glömt.

-Var du på jobbet förra onsdagen, frågar jag.

Mannen tittar på mig.

-Jag vet inte.

Vi tänker tillsammans. Vi åt kassler på måndagen. Du körde till scouterna på tisdagen. Vad gjorde vi på onsdagen? Ibland hittar vi rätt. Ibland får du ringa kontoret, fråga. Jag blir arg. Vi måste hålla oss till rutinerna. Det går inte annars. Jag kan inte minnas!

Det går bra med försäkringskassan. De fungerar. Pengarna kommer. Inte alltid i tid, men nästan. Ända till augusti. Då kommer de inte. Då kommer brevet. Brevet som gör oss förtvivlade och rädda. Vi kan inte betala räkningar. Det ekonomiska beviset på att vi lever i en katastrof. Du arbetar nästan inte alls. Din tid är på sjukhuset. Eller mottagningen. Eller på röntgen. Eller hemma hos pojken.

I brevet står att Försäkringskassan inte bedömer det som att pojken fortfarande är sjuk. Det har gått åtta månader. I läkarintyget står att man beräknar behandlingen till april. Nu har du bett om ersättning för juli! Det är skillnad. Juli och april ligger långt ifrån varandra.

Jag läser intyget. Det finns inget datum, inget alls. Ingenting visar att intyget har slutat gälla. Jag läser texten på Försäkringskassans hemsida, Det finns inga datum, inga alls. För att allvarligt sjukt barn finns ingen gräns. Särskilda regler för barn som fyllt 16 år. Pojken har fyllt 16 år. Särskilda regler gäller. Det står inte vad de särskilda reglerna gäller för. Bara att de gäller.

Rädd! Var ska vi bo om vi måste sälja huset nu? Försäkringskassans kundtjänst har generösa öppettider, jag väntar i 37 minuter. Någon svarar. Jag börjar berätta.

- Vänta lite, säger någon- vänta lite.

Jag lämnar mannens personnummer och pojkens, jag kan dem.

-Jag förstår inte, säger någon. Jag förstår inte. Det är ingenting som är fel. Jag ber att handläggaren ringer imorgon.

Vi tittar på varandra mannen och jag. Vi andas. De ringer imorgon. Något har gått fel. Bara något som brast i rutinerna. Sånt händer. Vi vet att sånt händer. Det är ok. Vi väntar till imorgon.

Mannen står i sjukhuskorridoren när handläggaren ringer. Det är fem minuter innan pojken ska sövas. Det är fem minuter innan vi får veta. Fem minuter. Mannen svarar.

– Vi tar oss rätten att kontrollera säger handläggaren. Vi har egna läkare som bedömer sannolikheten i intyget säger hon.

Mannen, pojkens pappa försöker få luft.

Min älskade man. Du står där på det stora sjukhuset och pratar med handläggaren på Försäkringskassan som förklarar för dig att sannolikheten att pojken fortfarande är sjuk är liten. Det säger läkaren som läst intyget. Eller så far hon med osanning.

-Varför frågade du inte, säger du till henne.

-Vi har våra rutiner får du till svar.

Då kommer ångesten och förtvivlan farande genom hela dig.

-Vad bra, skriker du i sjukhuskorridoren.

– Vad bra att du anser att pojken är frisk. Då struntar vi i det här. Då åker vi hem. Jag går till jobbet som vanligt.

Du fylls av vanmakt och skriker.

- Det är ditt ansvar om han dör.

Nästa dag kommer pengarna. Försäkringskassan bedömer att pojken fortfarande är sjuk och godkänner ansökan om ersättning. Men! Det finns ett stort Men! I texten står ett nytt datum. Det är ett datum från vilket läkaren måste intyga att pojken är sjuk. Vi har aldrig sett det datumet. Vi letar efter logiken. Vi hittar den inte. Tre personer från Försäkringskassan har med emfas gett oss tre olika datum som är utgångspunkten för att godkänna eller inte godkänna att pojken är sjuk.

På kvällen skickar jag in en anmälan till JO. Du ber läkaren om ett nytt intyg.

Vi betalar räkningarna.

Orkar. En dag som orkar. Tänk vad annorlunda det blir när man orkar dagen. Hopp. Glädje. Jag rör mig fort i hela huset. Flyger fylld av energi. Ringer Farmor och bjuder på middag. Det känns

nästan normalt. Det är normalt. Bara lite
annorlunda.

Situationen blir förvärrad. Planerna faller. Som att
bygga ett hus utan hållfasthet. Det blir ingen
transplantation. Vi väntar. Det blir en ny operation
istället. En till. Den andra. Men det kommer fler.
Det vet vi inte. Vi bara hoppas att det äntligen ska
bli bra.

Jag lägger spindelharpan och får migrän. Jag
lägger spindelharpan och får migrän. Jag läser hur
man hanterar smärta. Läser hur man hanterar
värk. Läser hur man hanterar sorg. Träning.
Fysisk träning. Simning, cykling och promenader.
Inser att jag har slutat röra mig. Jag fattar.
Träning. Regelbunden fysisk träning hjälper när
det är svårt att andas. Jag fattar. Regelbunden
fysisk träning. Jag tänker tanken. Jag pratar med
mannen om träning. Vi pratar träning.

Vi skaffar ett gå-band. Ställer det utanför
badrummet. Vi utmanar varandra pojken och jag.
Vi går en liten stund varje dag i tre dagar. Sen
slutar vi. Jag torkar av det ibland när jag städar
utanför badrummet.

Sköterskan som kommer nästa dag är tystare.
Hon vill gärna ha kaffe. Men det var nära att det
inte blev så. Hon krafsade så försiktigt på dörren
när hon kom att vi inte hörde. Mannen såg
skuggan i fönstret. Han öppnade och hon sa ja till
kaffe. Jag räknar sköterskorna. Men jag inser att
jag inte kan minnas alla, ett par, de som gjorde
avtryck. Andra är bara skuggor.

Hur är det att arbeta i skuggan? Så som de gör.
Hemsjukvården. Mannen kallar dem hemtjänst.
Det är skillnad.

-Hemtjänst städar, säger jag. Hemtjänst lagar mat.
Hemsjukvården har blå korgar med sprutor och
kompresser. Inga köttbullar.

Tänk om de kunde städa. Det vore skönt. Men de
tar hand om pojken. Det är bra.

Pojken vill alltid sova när de kommer.

-Väck mig inte, säger han. De vet vad de gör. Jag
sover. Jag är van nu.

Jag räknar igen. Räknar nio månader gånger fyra
sprutor varje dag, ibland tre, ibland ingen alls, vila.
Jag förstår inte, hur jag än räknar. Men det är

många gånger, alldeles för många. Det är inte rätt att sprutas varje dag när man är en pojke som är sexton år. Istället för att prova gränsen mot det vuxna. Göra det förbjudna, Prova sin styrka.

Vem är du sen? Efter? Jag ritar kartan och bygger broar mot sen.

Jag räknar dagar som jag vet. Sextio dagar i tuben. Fyra veckor eller kanske sex? Hinner vi före jul? Jag undrar vad pojken vill ha i julklapp men vet svaret. Frisk. Han vill ha frisk. Och gärna lite vardag också. Vanlig vardag. Inte sjukvardag. Sjukvardag är när man är andra människors arbetstid. Vanlig vardag då är man något annat. Sig själv mer. Inte någon annans betalda tid.

-Jag fattar säger jag högt. Jag fattar. Det är mitt ansvar att jag är frisk. Jag måste orka. Om jag inte orkar vara frisk blir jag sjuk. Och om jag blir sjuk blir jag någon annans arbetstid. Någon annans problem. Jag vill inte vara någons problem. Jag vill bara vara jag. Vi ska gå idag. Min älskade och jag. Idag ska vi gå. Jag vet att vi måste. Träningen gör dig frisk. Frisk i hjärnan. Frisk i kroppen.

Pojken fryser och jag skurar badkaret. Sätter upp

värmen i badrummet. Pysslar.

Idag heter Syster Kenneth. Han är lång, skäggig och har massor av tatueringar. Jag slås av tanken att han skrämmer barnen. Men sen ler han mot mig sådär som de goda gör. Jag blir trygg. Jag ser på Kenneth att han är van. Pojken älskar honom. Han vill inte ha kaffe, säger bara nej tack och tar fram det han behöver för att ge pojken hans medicin. Huset blir lugnt, andas i samma takt som Kenneth. Det är skönt när det är de goda som kommer.

Tacksam att de finns. Det är lättare när de kommer. När inte mannen och pojken åker till sjukhuset fyra gånger om dagen. Det är bättre när de kommer. Jag öppnar dörren i morgonrock. De delar och bär utan att det blir ord. Jag tycker om när man delar och bär utan ord.

En annan dag är en bra dag. Lika plötsligt som de inte bra, kommer de bra. Jag kokar marmelad. Byter lakan. Jag viker kläderna som mannen strukit och känner mig lugn. Vi karar en vecka till. Det doftar kanel. Julen kommer. Då ska det lukta kanel överallt. Inte decinfektionsmedel. Jag önskar oss en jul som doftar. Om inte så får hösten dofta. Det doftar nu och det läker mig. Kylan läker mig.

Telefonen ringer. Jag hör på andetagen och de korta stegen att något har hänt. Rösten i andra änden är gäll. Luften tät. Oro. Det värker. Nedmonteringen fortsätter. Snart har cancern slagit ut oss allihop.

Mannen rapporterar vad doktorn sa, det är inte samma som överläkaren förra veckan. Det är bättre. Men är det säkert? Vet den ene vad den andre säger?

Börjar städa köket. Rädslan slår rot i mig. Hjärtat hoppar. Jag blir rädd för att dö. Men jag är ju frisk. Det är pojken som är sjuk, inte jag. Jag skurar karaffer och skålar. Vinkaraffen går sönder. Det är ju inte klokt att gråta över en vinkaraff när vi står inför det svåra.

Solen skiner. Jag tar ryggsäcken och åker iväg för att arbeta. Varm lördag men inte för varm. Jag har roligt. Äter lunch. Blåser såpbubblor. Skrattar. Många hundra barn och mycket skratt. Då ringer mannen.

-Kan du komma? Mannen kvider.

-Nu?

-Ja.

Packar väskan ropar hej springer över gräset.
Springer över bron. Springer mot tåget mot
bussen. Springer.

Är pojken död? Hände det så snabbt? Eller är det
bara oro? Jag kommer fram till sjukhuset. Pojken
ler. Han har ännu flera flaskor av olika vätskor vid
sängen. Jag stryker honom försiktigt över handen.

Pojken har blivit sämre. Mycket sämre. Hoppet har
lämnat, men inte pojken. Han vill leva.

-Jag vill leva säger han till alla som lyssnar.

Pojken andas. Han andas och därför vet vi att han
lever. Dagen går. I korta intervaller. I långa
intervaller. Vi går med dagen. Ibland går vi utanför
dörren och andas. Ibland går vi till parken och
andas. Ibland sitter vi i en stol i rummet och
andas. Ibland håller vi andan.

Vi viker undan våra blickar och möter våra blicka
som vågor som slår mot klipporna, ojämnt. Men vi
möter. Rummets förtvivlan är vår förtvivlan.

Pojken dör ifrån oss. Vi är nära den dagen vi inte
ville ha. Vad händer med oss nu? Vad händer
med pojken?

Pojken tittar upp genom ena ögonvrån. Syster

kommer. Flyttar nålarna. Byter droppflaska.
Smeker kinden och frågar:

- Behöver du något?

 Pojken grymtar.

Någon säger något. Ibland har orden betydelse.
Ibland är orden bekräftande och fyllda av värme.
Ibland kommer orden bara utan mening.

Jag kan inte längre. Kan inte sitta här. Måste ut.
Måste hem. Vila. Kan inte, jag kan inte. Innan jag
går rör jag pojkens hand och kind. Jag säger,

    - Hejdå. Vi ses imorgon.

Jag säger hejdå till alla som är i rummet. Jag
säger hejdå till alla mammor och barn jag möter
utanför pojkens rum. Jag säger hejdå till alla
pappor jag möter utanför pojkens rum. Jag kramar
mannen hårt.

-Älskar dig, viskar jag, innan jag går.

Det är tyst hemma. Tyst och mörkt. Det luktar
instängt. Öppnar inte fönstret. Rädslan smyger
igen. Rädslan känner jag. Rädslan kommer alltid
när mannen är på sjukhuset. Jag är rädd. Skakar,
gråter.

Det blir än mer tydligt. Sorg är olika. Pojken flyttas

till hospice. Vi är där. Alla. Mostrar, vänner, släkt bekanta små och stora. Vi delar förtvivlan. Vi vill att pojken ska vara lycklig. Att pojken ska förstå hur mycket vi älskar honom. Men det tar sig olika uttryck.

Vi stör stillheten. Inte sörja så på hospice. Vi förstår. Skillnaden blir så tydlig. Sorg är olika. Någon väljer tystnad och mörker. Andra skrattar högt. Håller i livet. I köket stör vi varandras sorg. Tre familjer. En gråter tyst. En gråter högt. Gjorde vi rätt som valde hospice? Man vill inte välja. Inte alls. Man vill bara inte vara där. Inte alls.

Det är fint att man har tänkt på vila. Men vem lägger sig i en hängstol i korridoren och gråter sin smärta? Mitt bland dem som rör sig mellan rummen?

Det är skillnad nu. Vi vet att det är avsked. Vi vet inte hur länge det är avsked. Vi vill inte ha avsked. Mannen har ont i bröstet. Rädd igen. Rädd för att hjärtat ska brista. Rädd för att hjärtat ska hacka. Du får inte följa med pojken, tänker jag. Du måste vara kvar hos mig.

Förut var sen, när pojken blev frisk. Nu är sen utan pojken. Vad händer med oss då? Kommer vi att leva? Vi klappar tafatt på varandra. Ger

varandra bekräftelse. Allas förtvivlan. Vill inte att
det som händer ska hända. Vi har inte kraft att
sätta emot. Vi är bara där. Vi står upp som en
kropp. Vi vill göra. Vi vill ta från pojken smärtan. Vi
vill ta från pojken sjukdomen. Vi står upp och kan
ingenting göra.

Jag håller mamman. En liten stund. Ryggraden
har fallit samman som om den suttit där för länge.
Det har den inte. Den har fått en tyngd den inte
orkar bära. Jag kan vara ett räcke, men jag kan
inte hindra att den bryts.

Avståndet mellan förut och nu är oändligt.
Erfarenhet ingen ska få. Ingen ska behöva. Vad
gör man när förtvivlan blir så stor att luften inte
längre går att andas?

En dörr öppnas. En man kliver in. Långa steg.
Energisk. Svart lockigt hår. Välputsade skor.
Jeans? Har han jeans? Han tittar på oss.

-Släkt och vänner, säger han, inte som en fråga.
Jag är läkare här. Om ni undrar.

Ja vi undrar. Jag trodde att han hade gått fel. Att
han skulle till något av de andra rummen. Där det

ligger andra barn. Där det sitter andra föräldrar. I likadan förtvivlan.

Han har en idé om hur han vill att vi ska se honom. Den passar inte in på oss. Tycker illa om honom. Det är lite besvärligt. Han tar för mycket plats. Välj en annan scen för dina uppspel tänker jag. Men säger ingenting. Jag säger så lite som möjligt. Annars hoppar det märkliga ord ur mig. Vi sörjer så olika.

Det har gått mer än femhundra dagar. Femhundra dagar och nätter. VI har vilat. Vi har vakat. Vi har varit rädda. Vi har hoppats. Vi har kämpat. Pojken inte minst. Och nu är det tid för avsked. De svåra frågorna ställs. Som ingen vill ha. Respirator? Hur ska vi göra? Mer blod? Mer näring? Hur vill ni ha det? Ställ inte frågor tänker jag tyst. Pojken har ont. Mamman masserar kinden. Pappan värmer vetepåsen. Det finns inget jag kan göra. Jag sitter stilla och väntar.

Gjorde vi rätt som tog pojken hit? Skulle vi ha gjort något annat? Jag vet inte. Just nu känns det som alla val, oavsett vilka, är fel.

Trädgården famnar mig. Jag har inte varit där på flera dagar. Annat än korta minuter. Trädgården min plats har liksom slutit sig. Inte välkomnat som den brukar. Men idag finns den där. Jag sitter i skuggan. Väljer bort ljuset. Men ser att det finns där. Har jag börjat förbereda mig på sen? Jag är trött. Mycket trött. Vill vila men kan inte. Vill sova men kan inte. Försöker förstå. Skapa mening i det som inte är möjligt att skapa mening i.

Vi firar födelsedag. Lite sol, men bara lite, som om himlen också avvaktade. Hur det ska gå?

Pojken lämnar oss. Stilla. Tidigt på morgonen. När fåglarna ännu sover. Han slutar andas. Mamman håller honom i handen. Pappan håller honom i handen. Han somnar.

Jag sover hemma. Jag vet inte att det händer. Vaknar tidigt, så har vi sagt. Jag vaknar klockan fem. Mannen har ringt. Jag förstår. Tidigt på morgonen kör jag genom den tysta staden. Pojken har somnat. Han är i Nangiala. I Nangiala finns ingen tid.

Jag sitter hos pojken. Så som jag har suttit många timmar. Han andas inte. Jag håller hans hand. Den är fortfarande varm. Han andas inte. Jag gråter. Så som alla gråter. Vi har vår sorg. Den ser lite olika ut. Men alla har sin sorg. Sitt avsked.

Jag vill ta med honom hem. Tonårspojken som stökar och inte kan köra tvättmaskinen. Pojken som rynkar på näsan åt främmande kryddor och tycker om Lasagne. Han valde alltid Lasagne när jag frågade.

Pojken har lämnat oss och vi är i kaos.

En del dagar går bra. Vi andas. Vi skrattar lite. Vi gör saker som är trevliga. Eller det som måste göras. Startar en tvättmaskin. Går ut med soporna. Handlar smörgåspålägg. Andra dagar bara smäller det. Vi bråkar om allt. Panik. Förtvivlan. Hur gör man när man går vidare?

Du tittar på mig när jag sover. Jag tittar på dig när du sover. Vi går, vakar och sover i ojämna vågor. Ibland sover vi inte. Du är vaken. Jag sover. Jag är vaken. Du sover. Vi tar oss igenom dagar. Men inte som vanligt. Vi tar oss igenom dagar på vårt sätt. Inte så bra alltid. Men just nu vet jag inget annat sätt än det sätt vi har här och nu. Här och nu.

Smärtan är olidlig. Jag kan ingenting göra. Bara låta den skölja över i ojämna vågor. Låta den vara där. Förstå att den nu är en del av livet och alltid kommer att vara det.

Stöd gärna Christophers minnesfond på
Barncancerfonden,

Christopher Mauritzon- en ung golfare

www.barncancerfonden.se

Pg 90 20 90-0 Bg 902-0900